Ye

22284

P. FIÉRON.

PETITES SŒURS

DES PAUVRES

Sa tendre affection qui soulage et console,
A toujours pour compagne une douce parole.

(L'Auteur.)

TOURNON

IMPRIMERIE ET LITHOGRAPHIE DE J. PARNIN

22, RUE BOURBON, 22

1873

PETITES SŒURS

DES PAUVRES

Salut, trois fois salut, à vous, dignes enfants,
Recevez mon hommage, acceptez mon encens.
Je ne crains point ici la critique sévère ;
Si cet hommage est faible, il est franc et sincère.
C'était aux grands auteurs, poètes en renom,
De dire vos vertus, de bénir votre nom ;
Et s'ils ne l'ont pas fait, j'ose, poète infime,
Aborder ce sujet, si grand et si sublime..
Je réclame indulgence en toute humilité,
Hélas, j'ai grand besoin de votre charité ?
Vous l'accordez à tous, laissez-moi l'espérance
A moi, chétif auteur, pour toute récompense,
D'un accueil bienveillant... Est-ce témérité ?
Je serais très-heureux s'il était mérité.

I.

Sa tendre affection qui soulage et console,
A toujours pour compagne une douce parole
(L'Auteur).

Honorons les bienfaits que mon œuvre proclame,
J'ai mis tout mon savoir, mon cœur, toute mon âme,
A traiter de grands biens, de trésors infinis,

Et d'abnégations, dévouements inouïs.
J'ai loué les vertus de jeunes saintes filles,
Secourant le malheur, protégeant les familles,
Leur courage élevé, leur charité sans fin.
Leurs bons soins prodigués à l'homme à son déclin...
De nos pauvres vieillards, prévoyant les alarmes
Et les privations, la sœur sèche les larmes
De ces infortunés que le destin proscrit,
Sa voix leur parle au cœur, son regard leur sourit.
Ces malheureux étaient sans espoir, sans asile,
La bonne sœur leur donne accès sûr et facile,
Dans cet hôtel béni, dirigé par sa main,
Mis, par la charité, sur leur triste chemin...
J'admire vos desseins, divine Providence,
Pour les exécuter, vous choisissez l'enfance...
Vous avez confié l'acte de charité,
Aux soins de l'innocence et de la chasteté.
La noble mission ! elle est grande, elle est belle,
Et son but lui promet l'existence éternelle...
Voyez les temps anciens, fouillez l'antiquité,
Athènes, Sparte, Rome... oh ! non, la charité
N'eut jamais pour soutiens si pures héroïnes...
L'arbre s'élèvera sur profondes racines
Et sur le monde entier, étendra ses rameaux,
En dépit des clameurs, des haines, des fléaux.
Là, naîtront des bourgeons, d'impérissables tiges,
Le christianisme seul peut créer ces prodiges...
Riches couronnes d'or des empereurs, des rois,
Des conquérants fameux, affaissés sous ce poids,
Hochets toujours tremblants, dignités éphémères,
Engloutis, en un jour, sous les flots populaires,
Qu'avez-vous rapporté ?.. des pleurs, l'adversité,
La guerre, les douleurs... rien pour l'humanité !
Au front du Christ sauveur, la couronne d'épines
A produit des trésors, d'ineffables doctrines.

II.

En passant sous les murs de l'antique cité, (1)
Avez-vous entendu le verset récité
Par de pauvres vieillards, à la voix chevrotante,
A la face ridée, à la tête branlante.
Ils sont dans leur hôtel et servis en ce lieu,
Par des anges gardiens, tous envoyés de Dieu.
Petite sœur du pauvre, admirable, admirée,
Charitable, empressée et partout vénérée,
Ange d'humilité, de vertu, de candeur,
De la divinité reflet plein de douceur,
Je cherche, et ne sais pas pourquoi ce nom, *petite?*...
Blasphème en vérité, tout est grand en ce gite,
La sainte charité veille sur la maison,
La porte, à tous les maux, s'ouvre en toute saison.
Là, vous vous consacrez, jeunes et bonnes filles,
Au secours du malheur, au soutien des familles,
Vous mêlez en ce monde ingrat, sot, inhumain,
L'amour du Dieu puissant, à l'amour du prochain.
Je ne suis qu'un écho lorsque je complimente
Vos vertus, vos bienfaits qui devancent l'attente
Du malheureux souffrant, de ce pauvre vieillard,
Abattu par la faim, au triste et dur regard,
Il s'affaisse, il succombe, étreint par la misère,
La fatale vieillesse, existence éphémère,
Le presse et lui redit : « le terme de tes ans
Touche à ses derniers jours.. songe aux derniers instants! »
La vieillesse a compté sans votre œuvre pieuse,
La misère s'enfuit, impuissante, hideuse...
Aussi, chaque passant, en vous cédant le pas,
S'incline avec respect et met le chapeau bas...
Voyez-la s'éloigner, vive, alerte et joyeuse,
Infatigable enfant, tendre une main quêteuse,

---

1. Annonay (*Ardèche*).

Dans son sourire doux et pur comme son vœu,
On voit étinceler la confiance en Dieu...
La raison se confond à voir tant de courage
Et tant de charité, dans l'enfance, au jeune âge,
A cet âge où la vie apparait en beaux jours,
En fêtes, en plaisirs, en décors, en atours.
Alors qu'un avenir si brillant se présente,
Quitter parents, amis, pour devenir... servante...
Voir l'homme décrépit, infirme,.. sans faiblir,
Se vouer à des soins incessants, sans faillir,
En face des douleurs, des misères humaines,
Accomplir ces devoirs, vaincre dégoûts et peines !
Oh ! de gaîté de cœur, sans retour, de plein gré,
Descendre à l'abjection, jusqu'au dernier degré,..
Par pitié du prochain, s'en aller suppliante,
Et par amour de Dieu, se faire mendiante ?...
De quel nom la bénir ? sublime humilité,
Ce sont. là, vos exploits. divine charité...

III.

L'âme toujours en paix et suivant votre course,
Vous savez, en priant, puiser dans chaque bourse,
Le franc, le sou, le liard, non pour vous, mais pour eux,
Et c'est autant d'acquis pour tous vos malheureux.
Pendant que votre cher commensal dort tranquille,
Vous allez, quémandant, aux quartiers de la ville,
Vous savez tout braver, les insolents dédains,
Les affronts, quelquefois, de cœurs durs et hautains...
L'été, quand je vous vois, souvent par temps d'orage,
Sous un soleil brûlant, la sueur au visage,
Rechercher, parcourir la cité, ses entours,
Découvrir le malheur, prodiguer les secours,
Et pénétrer partout où la vieillesse appelle,
J'admire votre ardeur, toujours sainte et nouvelle...

Quand je vous vois, l'hiver, braver les durs frimas,
Poser un pied hardi sur le glissant verglas,
Dans le ruisseau fangeux, sur la neige qui bruie,
Sans nul souci du temps de brouillard ou de pluie,
En notre ville antique, aux accès montueux,
Aux passages étroits, en lacets tortueux,
Grelottant au travail, sous la simple mantille,
Soufflant dans votre main, ramassant la guenille,
Je dis, oh! quel courage et quelle charité,
Est-ce une femme? Non, c'est la divinité...
Devant sa volonté ferme, active à la lutte,
L'obstacle disparaît, car rien ne la rebute...
Elle bénit la main qui donne largement,
Elle bénit la main qui donne faiblement,
Et, sans désespérer de celle qui refuse,
Elle trouve au refus, sa légitime excuse;
La gène, les enfants, le manque de travail,
Quelque trouble au logis pour le terme du bail;
Eux aussi, pauvres gens, ont leur souci, leur peine,
S'ils pouvaient, ils feraient augmenter son aubaine..
Elle reçoit un brin, serait-il sans valeur,
Le moindre des objets, le chiffon sans couleur,
Le vêtement usé, le vieux linge en charpie,
Tout ce qui peut, enfin, aider son œuvre pie.

IV.

Aussi, lorsque au retour, tout chargé de butin,
Votre chariot arrive au logis, le matin,
Le cœur vous bat bien fort, et vous êtes heureuses,
De votre beau succès vous êtes glorieuses...
Touchante affection, sublime charité,
Qui sait ramener l'homme à la sérénité?...
Que sommes-nous? sans cesse exposés au naufrage,
De faibles matelots, luttant contre l'orage!

Hélas ! que sommes-nous ? un malheur persistant,
Une ombre pâle, errante, un mélange attristant
De désirs, de regrets, de poignantes alarmes,
Un long tissu de deuils, de douleurs et de larmes..
Le scepticisme froid qui pénètre en tout lieu,
Éteint la foi, détruit jusqu'à l'espoir en Dieu...
En ces temps désolés, dans ce siècle où tout croûle,
Où d'un sombre avenir, le tableau se déroule,
La raison a parfois besoin de reposer
Ses yeux sur ces enfants, qui savent tant oser
Pour calmer la douleur, consoler la souffrance,
Et dans l'âme du pauvre apporter l'espérance...
La foi, qui fait aimer le Dieu de vérité,
Les inspire et conduit l'œuvre de charité..
Cette œuvre eut ses combats, ses luttes décevantes,
Pour ces faibles enfants, ces modestes servantes,
Ne possédant, hélas, d'autre bien qu'un bon cœur,
Un courage incessant, l'indicible ferveur..
Ce dévouement chrétien, cette persévérance
Ont produit des effets dépassant l'espérance.
Dirigé sagement, leur plan vaste, hardi,
La Providence aidant, a prospéré, grandi...
Tout sert dans cet asile où vit le misérable,
Le lambeau de vieux drap, la desserte de table,
Le pain, le vin, les fruits et malgré leur cherté,
Le café, l'eau-de-vie et quelquefois le thé.
De puissants protecteurs, des âmes charitables
Répandent des bienfaits, des dons inépuisables,
Bienfaits sans noms d'auteurs, anonymes, voilés,
Mais, voiles transparents, noms bientôt révélés...
Cachez, laissez secret l'acte de bienfaisance,
L'unique bien du pauvre est la reconnaissance..
Elle est intelligente, elle sait découvrir
La main qui sait donner, l'ami qu'il doit chérir..
Sur les quêtes du jour, entre tous réparties,

Un ordre parfait sait réserver des parties,
Soit pour le lendemain, soit pour les jours suivants,
Il faut prévoir, il peut venir des arrivants,
Qui sont-ils, d'où sont-ils, ouvriers, gentilshommes ?
Qu'importe à vos bons cœurs, à votre loi, ces hommes
Sont de pauvres vieillards, la plupart inconnus,
Mais on leur dit toujours : « soyez les bienvenus ! »
Pour eux ces petits soins que vieillesse réclame,
Le médecin du corps, le directeur de l'àme,
L'agréable, l'utile... et même le tabac,
Si cher au vieux marin, oubliant son hamac ;
Le vieux soldat aussi trouve, dans cet asile,
Le repos exigé par sa santé débile,
Tous y trouvent le livre instructif et moral,
Qui charme les instants et qui calme le mal.
Promenade ou travail, salutaire exercice,
Chacun fait à son goût ou suivant son caprice,
L'un prépare le bois, l'autre fait le jardin,
Un autre est au repos comme un vrai citadin,
L'un conduit le chariot, l'autre aide à la cuisine,
Un autre est sommélier, on le voit à sa mine..
C'est une immense ruche, à l'admirable essaim,
La sœur dirige tout, et partout est sa main.
Ou le linge, ou l'habit, chacune raccomode,
Et s'occupe sans cesse, à sa guise, à sa mode,
A l'aiguille, au crochet, aux fuseaux tournoyants,
Et rien n'est négligé pour tous ces vieux enfants..

V.

La misère, grand Dieu ! c'est la lèpre effrayante
Qui torture le corps, qui rend l'âme méchante,
Elle affecte au moral et détruit la santé,
Dégrade, avilit l'homme, abat sa dignité,
Dans ce pénible état, il vient chercher asile
Près de vous, la maison lui donne accès facile..

Il en est un qui fut. en affaires puissant,
Qu'un revers de fortune a rendu là, jacent;
Un autre malheureux, qui vécut sans reproches,
Il se voit aujourd'hui délaissé de ses proches;
Plus loin, un autre encor, qui fit toujours le bien,
A des amis ingrats, il n'a plus de soutien.
Là-bas, c'est un savant en affaires publiques,
Il récite, par cœur, les journaux politiques,
De durs évènements ont troublé sa raison,
Il a trouvé refuge en la sainte maison.
Eh! quel est ce vieillard, abattu, sombre, triste?
C'est un obscur auteur, poète, latiniste,
Réduit à l'indigence, il se voit abaissé.
Il se met à l'écart et se croit déclassé
Parmi ses commensaux... il tient, en grande estime.
De mauvais vers qu'il fait. n'ayant raison. ni rime...
Que de fous, de penseurs, rêveurs, demi-savants,
Qui, dirigés, auraient fait de bons artisans!.
Ne cherchez pas ailleurs les causes de misère,
Chacun veut devenir plus que n'était son père,
C'est la fièvre du jour.. orgueil et vanité...
Triste déception... dure réalité...
Là, des humains flétris, douloureuses épaves,
Des hommes égarés, arrivant mornes, hàves,
Sans principes, et l'àme et le cœur ulcérés,
Sous vos yeux, sous vos soins, bientôt régénérés.
Ils sont pour vous, enfants des malheureux, vos frères,
Point ne les oubliez à vos saintes prières...
Sans parents. sans amis, et de tous délaissés,
Ils arrivent chez vous. les membres nus, glacés,
Ils cherchaient, pour mourir, de l'ombre, le silence,
Ils trouvent vos bontés, le repos, l'assistance.
Libres de tout souci, leur nouvel avenir
Des biens qu'ils ont perdus détruit le souvenir;
Rare leur apparait, l'image fugitive

D'un passé tourmenté que plus rien ne ravive..
Ce qu'ils pensaient tout bas, ils le disent tout haut,
C'est l'admiration,.. tous redisent ce mot...
Que votre modestie accepte leurs louanges,
Ils disent plus encor... ils vous nomment leurs anges..
Bonnes filles, à l'œuvre, en votre mission,
La devise est oubli, devoir, compassion.
Vous l'appliquez sans cesse à chaque misérable,
Et vous suivez du Christ la doctrine adorable...
La sainte Providence affirme, par vos faits,
Sa sagesse divine et ses larges bienfaits.
Elle dit aux puissants : « soulagez la misère,
« Faites-le largement, le pauvre est votre frère.
« Donnez au malheureux une part de cet or
« Employée en festins, en parure, en décor. »
L'aumône, c'est un gain, c'est une sainte usure,
C'est un bien qui rapporte et brave la censure..
Les riches ont compris ; imitant vos grands cœurs,
De cercles de secours, ils sont les fondateurs.
Aux châteaux, aux palais, vous voyez chaque fête,
Se terminer toujours par l'abondante quête..
Sous la direction des plus illustres noms,
Et des célébrités et des plus grands renoms.
L'œuvre de charité, vaillamment, s'organise,
Les quêtes dans les bals; les quêtes à l'église,
Au profit des vieillards, des souffrants, des honteux.
Sans bruit et sans éclat, c'est pour vous, c'est pour eux...
A vous, pour les vieillards,.. rivalisant de zèle,
D'autres communautés suivent votre modèle,
Envers tous, orphelins, malades, ignorants,
Assistance, lumière et soins persévérants
Sont prodigués, partout ils comblent chaque abime...
Vous enseignez à tous la touchante maxime,
Aimez-vous, aidez-vous... ce beau mot charité.
Devient la loi commune et l'acte de piété.

Excellente prière!.. un bonheur, que l'aumône,
Pour celui qui reçoit, pour celui qui la donne,
Le don fut-il léger, soulage un malheureux,
Obligeant, obligé, vous faites deux heureux.

VI.

Quelles sont ces clameurs, quels sont ces cris?.. la guerre..
Et ces bruits sourds, lointains, c'est l'éclat du tonnerre?
Hélas.. non! c'est le choc de nombreux bataillons,
Des humains se heurtant sous d'épais tourbillons..
Là, se jouent les destins de notre chère France,
Sa gloire, son honneur, ses biens, son espérance.
Priez, petites sœurs, la patrie est en deuil,
Le barbare étranger veut creuser son cercueil,
Voyez-les, six contre un,.. sous leur masse accablante,
Nous étreindre... Écoutez leur parole insolente,
Que le vent nous apporte et que l'écho redit,
Dans leur langage dur, brutal, cruel, maudit..
Priez, priez encor, pleurez toutes vos larmes.
Qu'elles montent aux cieux,. ce sont vos seules armes;
Élevez vos cœurs purs vers la divinité,
Il est, entre elle et vous, si douce affinité?...
Tous ces malheurs hélas, ces listes funéraires,
Amèneront chez vous de nombreux pensionnaires,
Des vieillards que la guerre a laissés sans soutien,
Leurs enfants prisonniers chez l'avide prussien,
Ou morts, pour le pays, sur un champ de bataille,
En combattant, frappés par le fer, la mitraille..
Et combien seront-ils, présents à vos repas?
Qu'ils soient plus, qu'ils soient moins, vous ne les comptez pas...
Eh! qui donc, ici-bas, sur cette pauvre terre,
Peut affirmer qu'un jour, étreint par la misère,
Il n'ira demander en votre asile un coin,
Et réclamer de vous l'assistance et le soin?

Pensons, hélas, pensons à la triste sentence,
Chacun peut en subir la dure expérience...
« De la coupe à la lèvre, une douce boisson
« Peut devenir, soudain, un terrible poison. »
La fortune est changeante et folle en son caprice,
Tel est riche aujourd'hui, qui dans le précipice
Pourra tomber demain, et verra son avoir
Détruit à tout jamais, sans retour, sans espoir.
La guerre, les fléaux, les discordes civiles,
Les fureurs s'acharnant dans les champs, dans les villes,
Sait-on sur quoi compter? sans trève, ni repos,
Grand Dieu! que sommes-nous? allons-nous au chaos?
En ces jours de douleurs, de misères publiques,
De larmes et de deuils, de fièvres politiques,
Où haines, passions, sentiments indomptés,
Où les hommes, les biens ne sont pour rien comptés,
Qui peut dire, en ces temps de trouble, d'infortune,
« Je suis riche, et je puis jouir de ma fortune?.. »
Eh bien, riche, aujourd'hui, n'attendez pas demain...
Il n'est jamais trop tôt pour faire un acte humain,
Donnez au malheureux, peut-être un jour néfaste,
Prochain engloutira vos trésors, votre faste.
Non, rien n'est assuré, le juste possesseur
Ne peut-être à l'abri du despote oppresseur...
Vous avez de grands biens, un superbe héritage,
Dieu vous les a donnés, faites-en bon usage,
N'attendez pas les cas, hasard, occasion,
Il faut les prévenir... avec effusion,
Rechercher les besoins... charité vigilante
Est-un précepte saint, vérité consolante!.
Soyez compatissants; mais sans sévérité,
Un refus est moins dur que sèche charité...
Cette douce vertu doit être ingénieuse
A découvrir le mal, et toujours gracieuse..
Petites sœurs du pauvre, aux cœurs religieux,

Vous prêchez, sur ces points, par exemples pieux.

VII.

Et chacun vous bénit, bonnes et saintes filles,
Car, vous avez quitté vos foyers. vos familles,
Par ferme volonté, par principes chrétiens,
Et vous avez laissé, d'ici-bas tous les biens ;
Les douceurs de la vie et souvent la richesse,
Tout sacrifié, tout. jusqu'à votre jeunesse...
Et Dieu vous a souri de la voûte des cieux,
A vous, ce lot divin, ce gage précieux..
Vous avez secouru la vieillesse débile,
Vous avez résolu, problème difficile,
Sans aucun arrêté, sans loi, sans motion,
De la mendicité l'entière extinction...
Vous grandirez encor, votre œuvre est sans limites,
Et l'on dira bientôt, honorant vos mérites,
Votre patrie, à vous, c'est le monde habité,
Et votre nation,... toute l'humanité....
Petite sœur du pauvre, à votre œuvre bénie,
Vous donnez tous vos soins, votre âme, votre cœur,
Et la douleur d'autrui devient votre douleur.
Combien vous êtes belle, en votre cape unie ;
Sous la robe de bure et le manteau de serge,
Vous cachez la bonté, la candeur de la vierge,
Vous ne manquez jamais à votre mission,
Toutes vous méritez notre admiration...
Ardeur sainte qui charme et qui nous édifie,
Noble abnégation que chacun glorifie,
Vous obtiendrez, un jour. le prix de vos vertus,
Votre place est au Ciel, au milieu des élus.

Annonay, 1873.

P. FIÉRON,
Avocat, ancien magistrat.

PETITES

SŒURS DES PAUVRES

Tout ce qui touche à l'humanité, à la charité, qui est un de ses plus beaux attributs, de ses plus fermes appuis. doit être accueilli avec bienveillance. L'œuvre même, qui traite ces questions d'un ordre si élevé, fut-elle faible, incomplète, le lecteur lui doit indulgence, en considération de la pensée de l'auteur et du but qu'il s'est proposé.

Cette pensée, ce but que sont-ils?

Créer, entretenir, perpétuer l'amour du prochain. la bienfaisance, la charité vive. chrétienne.

La vraie dévotion c'est la charité.

Ne faites pas seulement l'aumône, soyez charitable.

Substituez le mot charité à tous ceux qui ont troublé l'ordre social, vous le verrez se rétablir.

La première des vertus c'est la charité, elle implique les autres vertus.

But et pensée ont été bien compris par les bonnes petites sœurs qui font le sujet de notre poëme. Laissez à notre œuvre ses imperfections; n'y voyez que la pensée; à d'autres plus savants de traiter, plus dignement, avec plus d'art, plus d'éclat, ce sujet non encore examiné; mais nous aurons à défaut d'autre mérite, celui d'avoir, le premier, rendu notre humble et légitime hommage à qui il revient si bien.

L'œuvre des Petites Sœurs des Pauvres est connue, intérêts, sympathie leur sont acquis, et, dans de nom-

breuses villes de France, on peut en voir les admirables
résultats. Deux mille sœurs, au moins, donnent leurs
soins à plus de vingt mille vieillards sans familles, sans
asiles.

Pour venir en aide à ses pauvres, la Providence a choisi
les faibles, pour appui, l'enfance, l'innocence aidées de la
prière.

L'enfance, l'innocence intéressent,
La prière touche et obtient,
La charité soulage.

Il y a peu d'années que cette institution est créée; mais,
comme les grandes choses, les grandes idées, elle a pro-
gressé, on ne pensait point alors fonder un ordre qui
s'étendrait sur toute la France et, un jour prochain, peut-
être sur toute l'Europe. La Providence, la charité ont
pourvu à son extension.

L'œuvre des Petites Sœurs des Pauvres a commencé
petitement, péniblement, à Saint-Malo-Saint-Servan,
petite ville de Bretagne, population maritime. Les veuves
y sont nombreuses et la mendicité était, pour elles, un
moyen d'existence. Saint-Servan n'avait pas d'hospice et
beaucoup de vieillards des deux sexes étaient sans asile.
Deux jeunes filles, deux enfants, 18 ans, 16 ans, conçu-
rent l'idée de soulager ces infortunés, et aidées des con-
seils d'un digne ecclésiastique, elles mirent, avec fermeté,
cette idée à exécution. L'absence de toute fortune, de tous
moyens, rendait cette exécution difficile, elles ne reculè-
rent devant aucun obstacle et s'adonnèrent cœur et âme à
leur œuvre de charité.

Une vieille femme aveugle fut l'objet de leurs premiers
soins, puis on résolut de faire profiter un plus grand
nombre de vieillards, des bienfaits qu'on espérait leur
apporter; on installa douze lits dans une salle basse qui
avait servi d'auberge; ces lits furent bientôt occupés. Le
travail des jeunes filles ne pouvait plus suffire, le Bureau

de Bienfaisance distribua des secours en pain, en linge. Les besoins augmentaient avec le nombre des pensionnaires. Les jeunes filles, alors, se firent mendiantes et, sans scrupule d'amour-propre, sans hésitation, prirent un panier au bras, elles allèrent frapper, sonner à la porte de chaque maison, et demander du pain pour leurs pauvres.. Chacun fut surpris à cette apparition, et tous comprirent la grandeur de cet acte d'humilité. Le pain fut abondant, des provisions leur furent envoyées, quelques secours imprévus leur arrivèrent, et l'on put se suffire, et, dans cette humilité qui les faisait bien accueillir partout, elles trouvèrent des ressources inépuisables, l'état était prospère, l'œuvre allait grandir.

Ce dévouement béni de Dieu obtint l'admiration des hommes, l'Académie vota un prix de vertu à ces infatigables héroïnes de la charité.

La vue de la misère humaine adoucit l'âme et la rend meilleure, et telles personnes, qui n'avaient jamais ouvert leur cœur ni leur bourse à une œuvre de charité, furent émues. Le linge manquait, celui du Bureau de Bienfaisance ne suffisait plus. Les dons anonymes ou apparents, avoués, augmentèrent et les pauvres furent suffisamment, sinon abondamment pourvus.

Depuis quatre ans l'œuvre était commencée, deux femmes charitables s'étaient jointes aux jeunes filles dès la première année ; mais. depuis trois ans, les quatre fondatrices restaient seules, une d'elles, chargée de son panier, rencontra sa sœur qui s'enfuit en la voyant, et lui dit : « je ne te parlerai pas, tu me fais honte, » la bonne fille reçut cet affront avec douceur, avec résignation et demanda à Dieu de lui continuer sa force et sa fermeté.

D'autres filles charitables auraient voulu se joindre aux fondatrices, mais la crainte de faiblir, le refus de parents qui ne consentaient pas à cette noble abjection, les détournaient.

D'autres entraient dans les ordres religieux, mais à la condition de ne pas devenir Petites Sœurs des Pauvres.

Après quatre années d'épreuves et d'isolement, une jeune fille vint aider aux sœurs, dans un moment de presse, ne pensant point y rester ; mais, voyant la paix, la quiétude, la sérénité de ces enfants, elle demanda à demeurer ; une autre vint encore, puis d'autres, simples visiteuses, qui ne voulurent plus partir. Et la Providence, la charité aidant, l'œuvre a prospéré ; ce fut alors que les sœurs reçurent l'humble nom de Petites Sœurs des Pauvres, qui leur est resté. Elles se vouèrent à la charité, à la pauvreté, à la chasteté, à l'obéissance.

Jamais, à aucune époque, chez aucune nation, on ne vit une semblable institution de charité. elle est l'œuvre du christianisme et de ses admirables doctrines.

Dans notre pensée, nous croyons qu'il faut des vers pour les choses merveilleuses, sublimes, la prose n'y suffirait pas. Et c'est par la poésie que nous avons voulu louer ces saintes filles et leurs bienfaits. L'avons-nous fait assez dignement pour un sujet si grand, si beau, si noble, si chrétien ?

Le lecteur jugera, puisse-t-il nous accorder indulgence, bienveillance.

P. FIÉRON.

TOURNON. — TYP. ET LITH. PARNIN.

TOURNON. — IMPRIMERIE DE J. PARNIN.